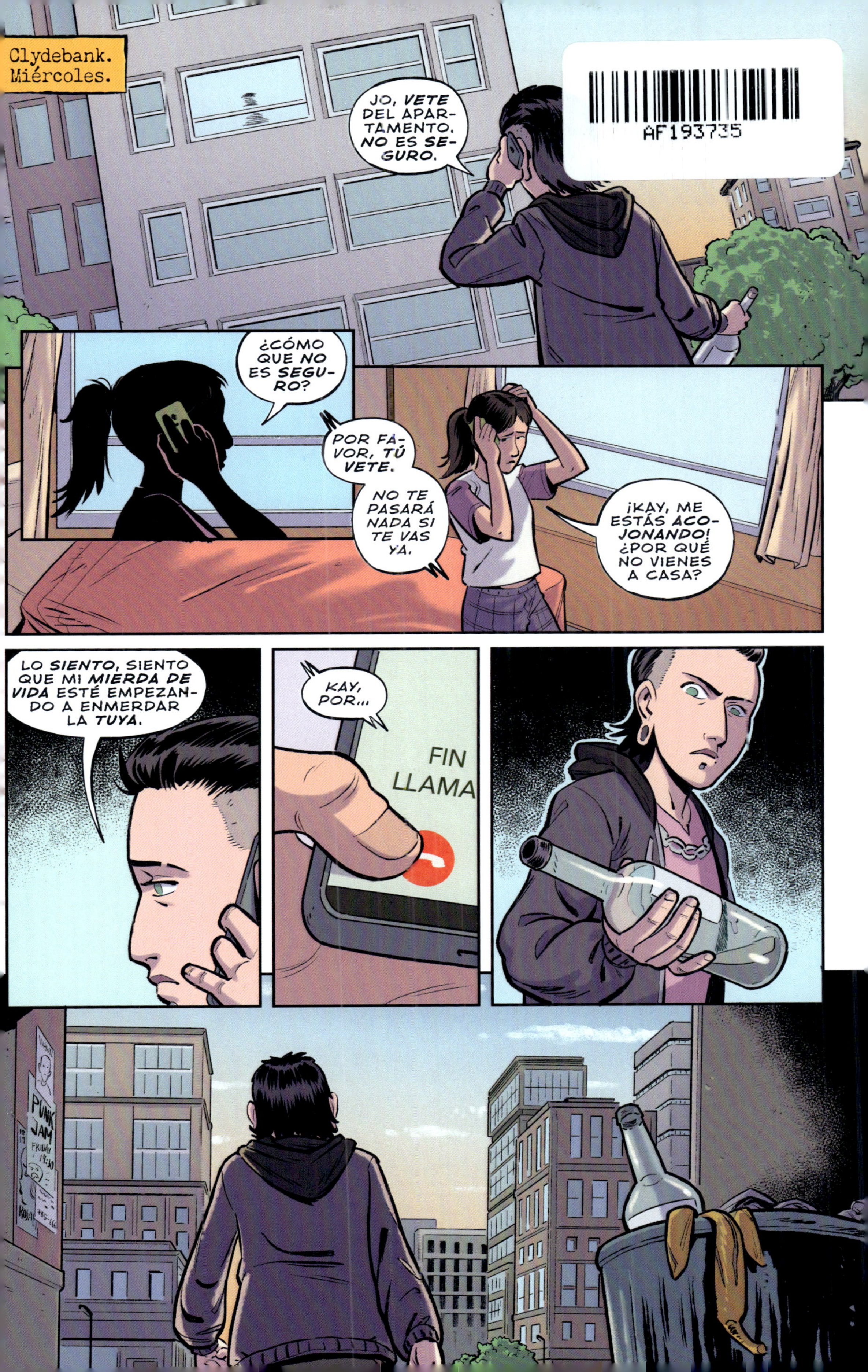

Comisaría del centro de Glasgow. Miércoles.

MEJOR JEFE DEL MUNDO

¡JODER, LANG, ES QUE ERES EL PUTO *HAZME-RREÍR* DE LA COMISARÍA!

PUES NO ES LO QUE PRETENDO, SEÑOR, ES... ES ADONDE ME ESTÁN LLEVANDO LAS PRUEBAS.

¿UN ASESINO QUE CONTROLA LA MENTE?

PUES O ERES MUY *TONTO* O ES QUE ESTÁS DROGADO, Y, CONOCIÉNDOTE, PUEDE QUE *AMBAS COSAS*.

JEFE...

NO, DEBORAH, NO QUIERO QUE SIGAS EXCUSANDO A ESTE PAYASO. LO QUE QUIE-RO ES UN *PUTO SOSPECHOSO*.

LANG, ESTÁS *FUERA* DEL CASO.

¡Y ESTÁS SUSPENDIDO!

¡¿QUÉ ES LO QUE HA PASADO?!

¡RONNIE, ESPERA!

¡SÉ LO QUE HE VISTO, DEBS! ¡KAY HA UTILIZADO MIERDAS JEDI DE ESAS PARA CONTROLAR LA MENTE Y ES LO MISMO QUE HACE EL ASESINO! ¡ESTÁN CONECTADOS!

SÉ QUE PARECE UNA LOCURA.

LO PARECE. LO SIENTO, PERO NO PUEDO APOYARTE CON ESTO.

¡ABRE LA MENTE, DEBS, O ESTE CASO SE VA A QUEDAR MÁS FRÍO QUE EL CULO DE UN MUÑECO DE NIEVE!

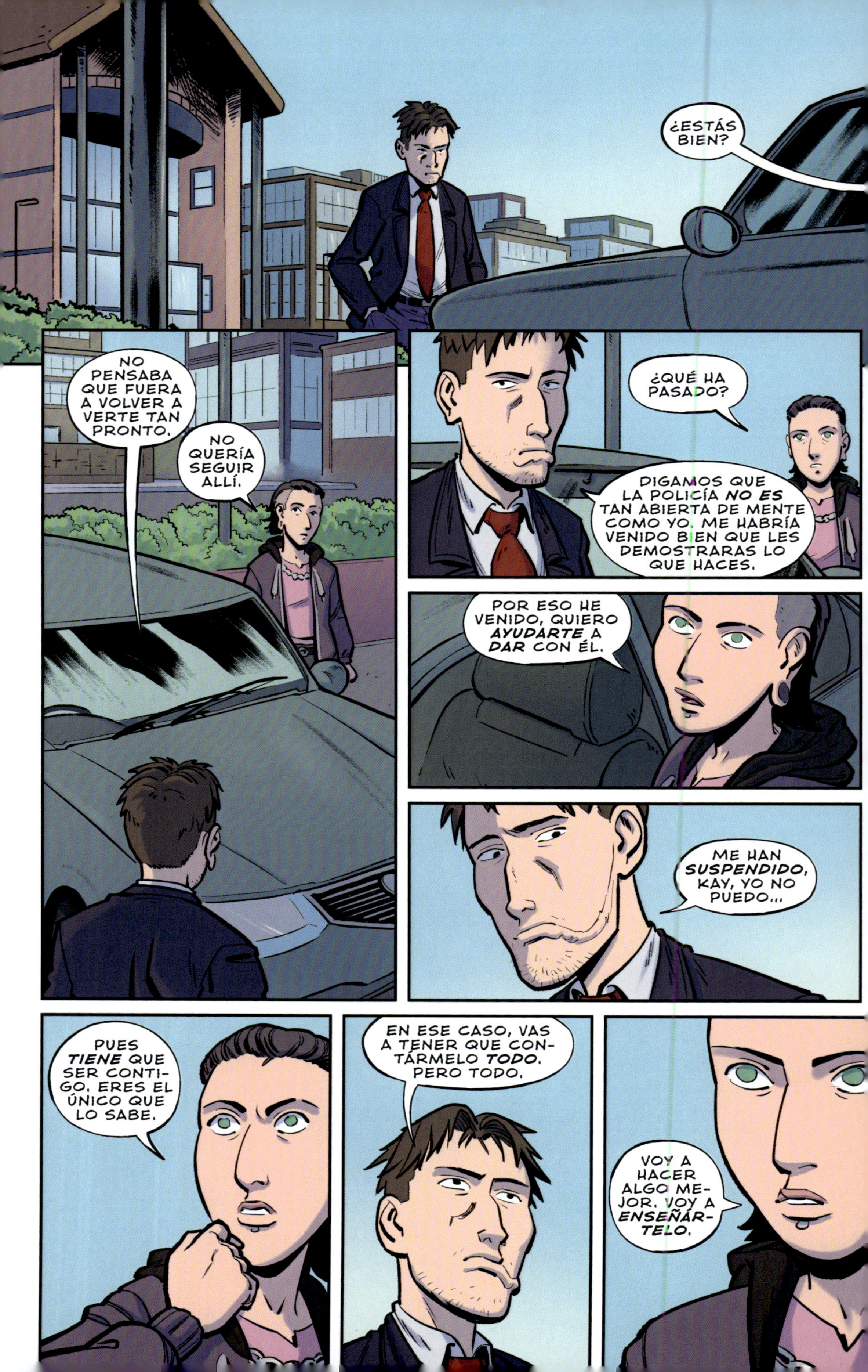

¿ESTÁS BIEN?

NO PENSABA QUE FUERA A VOLVER A VERTE TAN PRONTO.

NO QUERÍA SEGUIR ALLÍ.

¿QUÉ HA PASADO?

DIGAMOS QUE LA POLICÍA *NO ES* TAN ABIERTA DE MENTE COMO YO, ME HABRÍA VENIDO BIEN QUE LES DEMOSTRARAS LO QUE HACES.

POR ESO HE VENIDO, QUIERO *AYUDARTE A DAR* CON ÉL.

ME HAN *SUSPENDIDO*, KAY, YO NO PUEDO...

PUES *TIENE* QUE SER CONTIGO. ERES EL ÚNICO QUE LO SABE.

EN ESE CASO, VAS A TENER QUE CONTÁRMELO *TODO*. PERO TODO.

VOY A HACER ALGO MEJOR. VOY A *ENSEÑÁRTELO*.

YA LE HE CONTADO DEMASIADO Y MI MARIDO NO ERA NINGÚN *ASESINO.*

NO HE VENIDO PARA ACUSAR DE ASESINATO A TONY, SINO PARA AYUDARLE.

UN POCO TARDE PARA ESO, ¿NO?

¡ESTÁ MUERTO, JODER!

TENEMOS RAZONES PARA PENSAR QUE LO HAN ASESINADO.

¿QUÉ?

¿SABE USTED SI... TONY ERA ADOPTADO?

...

POR FAVOR, SI LO HAN ASESINADO, HAY QUE LLEVAR AL CULPABLE ANTE LA JUSTICIA. CREEMOS QUE LO QUE LE SUCEDIÓ ESTÁ RELACIONADO CON UN ORFANATO DESCONOCIDO.

ESE LUGAR LO *ATORMENTABA.*

¿A QUÉ SE REFIERE?

SE DESPERTABA *GRITANDO* EN MITAD DE LA NOCHE, LLORANDO, TEMBLANDO...

NO SÉ *QUÉ COÑO* LE *HARÍAN...* PERO NO FUE NADA BUENO.

¿ALGUNA VEZ LE DIJO EL NOMBRE DEL SITIO?

Orfanato Braemar.
Miércoles.

¿ESTÁS BIEN?

SÍ... ES QUE ME VIENEN RECUERDOS.

ESTO ERA ADMINISTRACIÓN. AQUÍ GUARDABAN LOS INFORMES DE TODOS LOS ESTUDIANTES Y DE SUS HABILIDADES.

¿PUEDES TÚ?

BUMP

¡... HOSTIA PUTA!

A LA SEGUNDA.

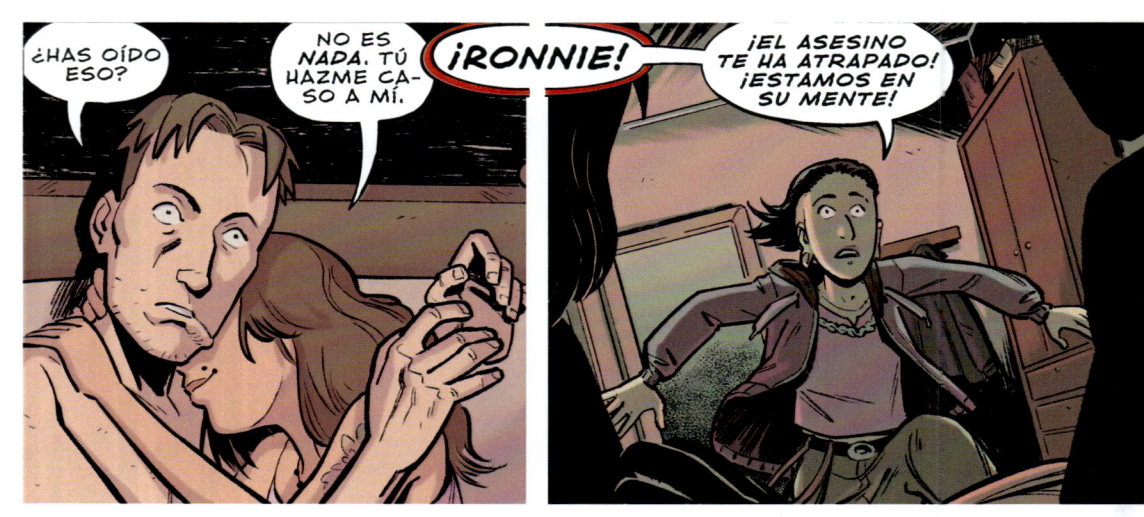

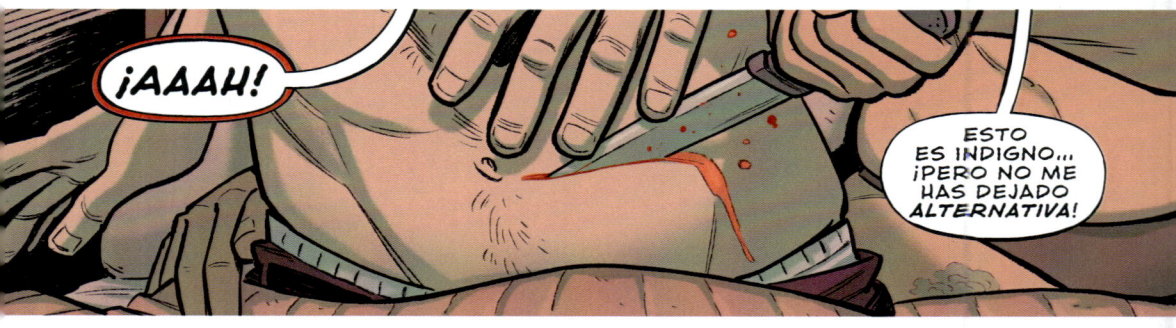

ESTARÍA ORGULLOSO... SI NO ESTUVIERA TAN *ENFADADO*.

¿FRANK? NO.

TÚ NOS AYUDAS-TE.

¡JODER, NOS AYU-DASTE!

SÍ. UN ERROR QUE HE DE *ENMENDAR*. UN PECADO DEL QUE ME ARRE-PIENTO.

¿UN *ERROR*? ¡NOS DEVOLVIS-TE LA VIDA!

UNAS VIDAS QUE HABRÍA QUE HABER EXTINGUIDO HACE MUCHO TIEMPO.

PENSABA QUE CON DETENER LA OPERACIÓN SERÍA SUFICIEN-TE, PERO ESTABA *EQUIVOCADO*.

VUESTRAS HABILIDADES PROVIENEN DE UNA *OS-CURIDAD* QUE NO PODÉIS ENTENDER.

CONFÍA EN MÍ.

¡NO!

¡ALTO!

¡NO SE MUEVA!

¡NO, *TENGO* QUE ACABAR MI MISIÓN!

¡NO SE MUEVA Y LEVANTE LAS MANOS!

¡TENGO QUE ACABAR MI MISIÓN!

¡URHHNNNNHHH!

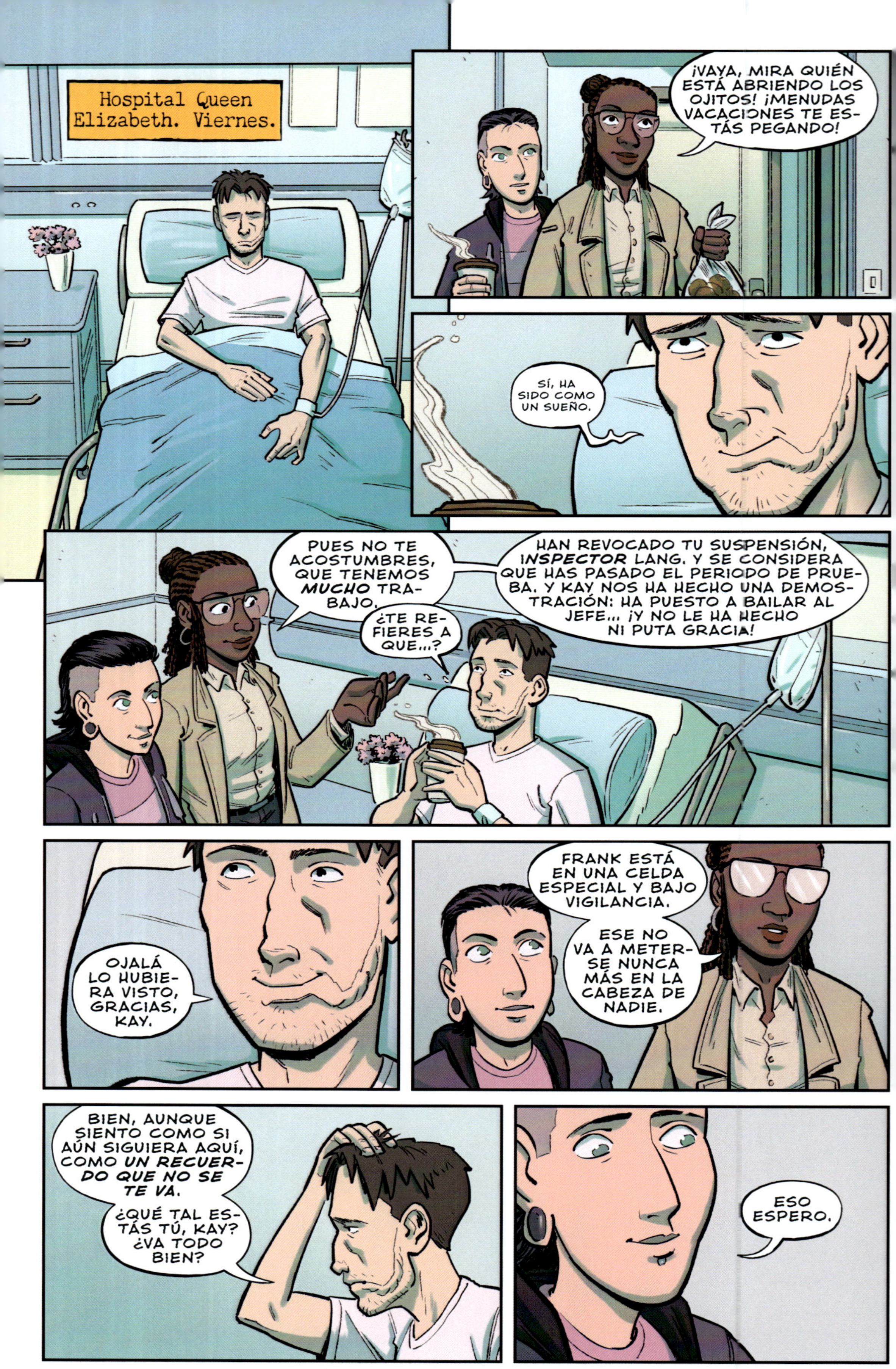

Hospital Queen Elizabeth. Viernes.

¡VAYA, MIRA QUIÉN ESTÁ ABRIENDO LOS OJITOS! ¡MENUDAS VACACIONES TE ESTÁS PEGANDO!

SÍ, HA SIDO COMO UN SUEÑO.

PUES NO TE ACOSTUMBRES, QUE TENEMOS *MUCHO* TRABAJO.

¿TE REFIERES A QUE...?

HAN REVOCADO TU SUSPENSIÓN, *INSPECTOR* LANG. Y SE CONSIDERA QUE HAS PASADO EL PERIODO DE PRUEBA. Y KAY NOS HA HECHO UNA DEMOSTRACIÓN: HA PUESTO A BAILAR AL JEFE... ¡Y NO LE HA HECHO NI PUTA GRACIA!

OJALÁ LO HUBIERA VISTO, GRACIAS, KAY.

FRANK ESTÁ EN UNA CELDA ESPECIAL Y BAJO VIGILANCIA.

ESE NO VA A METERSE NUNCA MÁS EN LA CABEZA DE NADIE.

BIEN, AUNQUE SIENTO COMO SI AÚN SIGUIERA AQUÍ, COMO *UN RECUERDO QUE NO SE TE VA*.

¿QUÉ TAL ESTÁS TÚ, KAY? ¿VA TODO BIEN?

ESO ESPERO.

KAY, NO.

POR FAVOR, DAME CINCO MINUTOS Y TE LO EXPLICARÉ *TODO*.